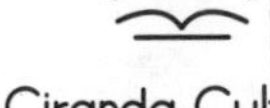

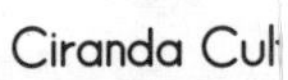

Ciranda Cult

LABIRINTO

A PALAVRA DE DEUS NOS GUIA PELO MELHOR CAMINHO.
AJUDE SARAH A ENCONTRAR A BÍBLIA.

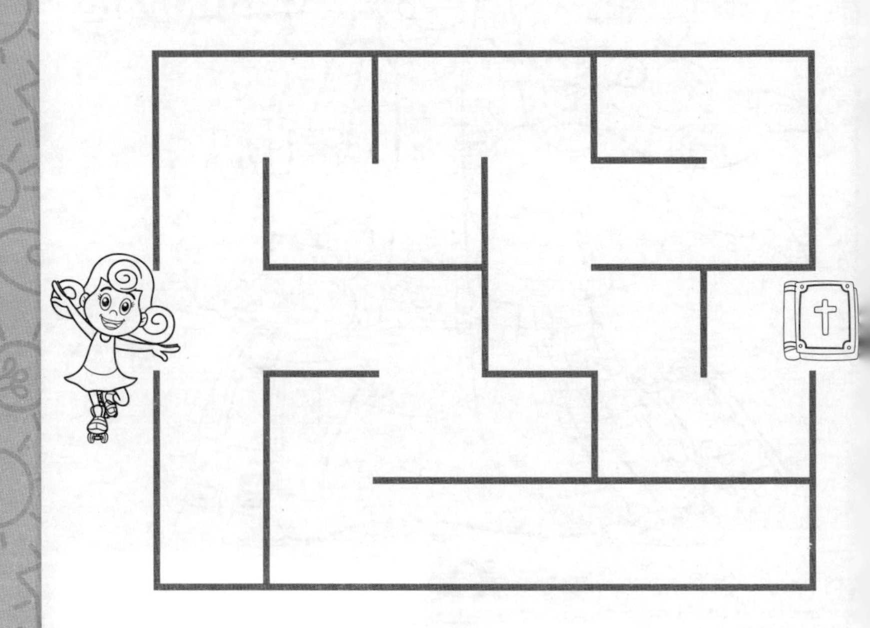

RESPOSTA NA PÁGINA 3

CINCO DIFERENÇAS

A TURMA DO 3 PALAVRINHAS AMA JESUS. OBSERVE AS IMAGENS E ENCONTRE CINCO DIFERENÇAS ENTRE ELAS.

A

B

RESPOSTA NA PÁGINA 30.

HORA DE PINTAR!

COMEÇA COM...

NOSSO NOME É MUITO ESPECIAL PARA DEUS. LIGUE OS MEMBROS DA TURMINHA À LETRA INICIAL DO NOME DE CADA UM.

RESPOSTA: A-2; B-3; C-1.

DESEMBARALHANDO

COM DEUS, NÃO EXISTE CONFUSÃO.
DESEMBARALHE AS LETRAS E FORME OS NOMES BÍBLICOS.

OÉN

ARIAM

OGAISL

EJSSU

RESPOSTA: NOÉ, MARIA, GOLIAS, JESUS.

HORA DE PINTAR!

CAÇA-PALAVRAS

O REI DAVI FICAVA MUITO FELIZ NA PRESENÇA DE DEUS.
ENCONTRE NO CAÇA-PALAVRAS TRÊS COISAS
QUE PODEMOS FAZER QUANDO O ESPÍRITO
DE DEUS SE MOVE EM NÓS.

CANTAR PULAR DANÇAR

P	Ç	R	C	M	O	P	S	Q	E	N	C	I
X	D	A	N	Ç	A	R	D	C	V	D	A	X
C	R	L	C	H	I	L	I	S	O	A	N	W
Z	E	S	Z	R	F	K	Z	Q	D	P	T	Q
A	T	U	A	H	C	N	M	U	F	S	A	J
P	R	J	E	B	A	A	N	C	O	F	R	U
L	B	N	J	P	U	L	A	R	Y	G	K	T
W	X	D	V	G	T	H	E	F	B	M	E	R

RESPOSTA NA PÁGINA 30.

CAMINHO CORRETO

APENAS UM DOS CAMINHOS É O CORRETO PARA LEVAR OS AMIGOS ATÉ JESUS. AJUDE A TURMA DO 3 PALAVRINHAS A DESCOBRIR QUAL É.

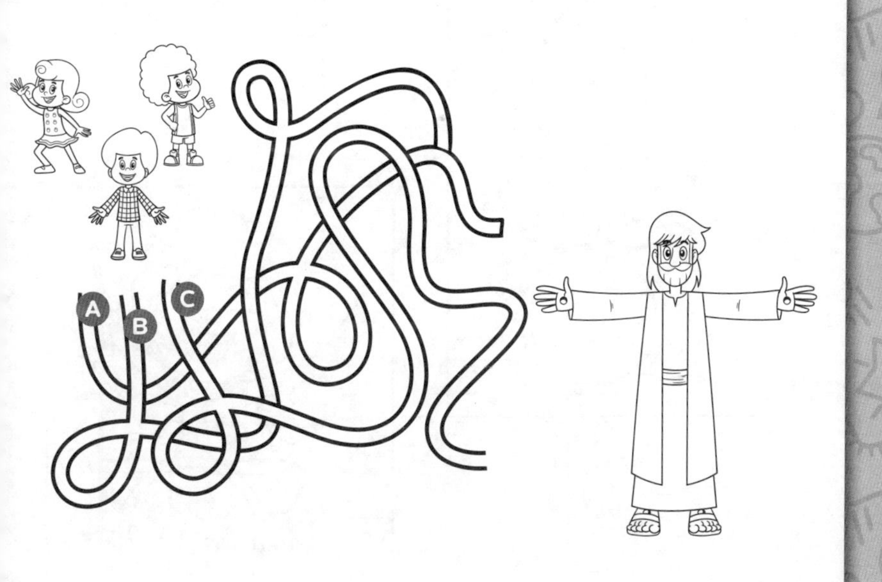

RESPOSTA: C.

CINCO DIFERENÇAS

DAVI GOSTA DE TOCAR BATERIA PARA LOUVAR A DEUS. OBSERVE AS IMAGENS E ENCONTRE CINCO DIFERENÇAS ENTRE ELAS.

A

B

RESPOSTA NA PÁGINA 30.

HORA DE PINTAR!

LIGANDO OS PONTOS

SARAH, MIGUEL E DAVI GOSTAM MUITO DE MÚSICA.
LIGUE OS PONTOS E COMPLETE A IMAGEM
DO RÁDIO QUE ELES USAM PARA ESCUTAR LOUVORES.

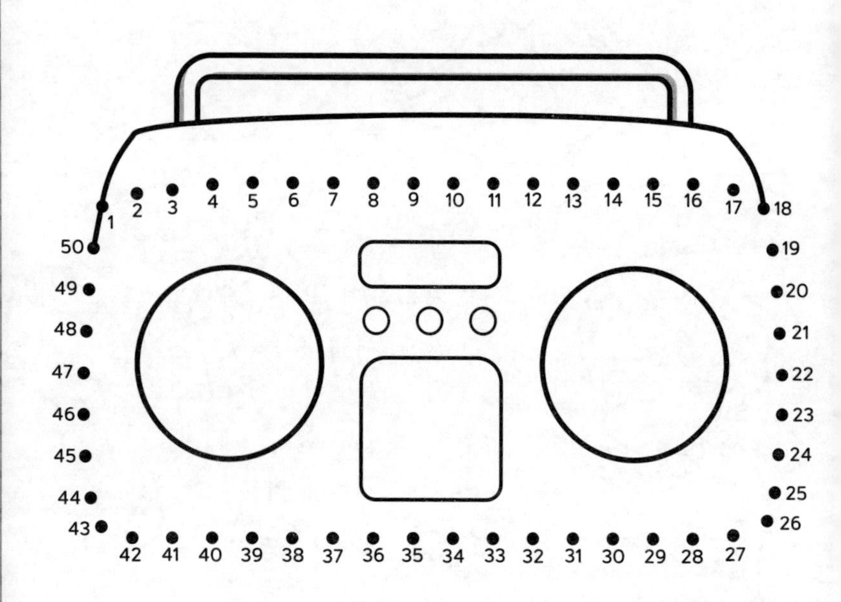

PALAVRA SECRETA

MIGUEL LOUVA A DEUS TOCANDO SEU INSTRUMENTO FAVORITO! DESCUBRA QUAL É ESSE INSTRUMENTO, SEGUINDO O CAMINHO DAS SETAS E ESCREVENDO AS LETRAS NOS ESPAÇOS INDICADOS.

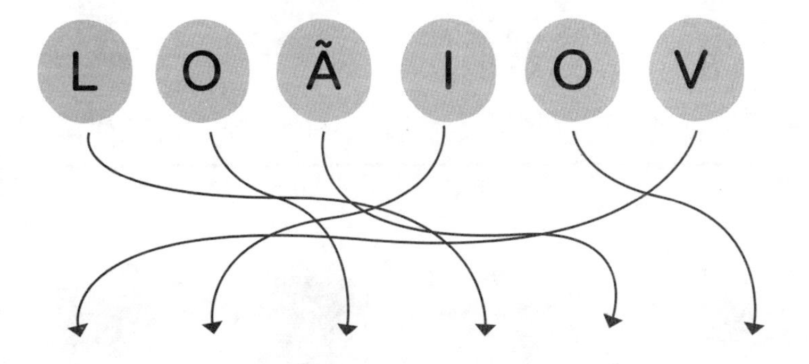

_____ _____ _____ _____ _____ _____

RESPOSTA: VIOLÃO.

CÓDIGO SECRETO

SÓ QUEM JÁ CONHECE JESUS TEM A VERDADEIRA PAZ! OBSERVE A LEGENDA E DECIFRE O NOME DO SENTIMENTO MAIS PRECIOSO, QUE VEM DO NOSSO SENHOR.

_______ _______ _______ _______

RESPOSTA: AMOR.

LIGANDO OS PONTOS

MIGUEL GOSTA DE PASSEAR EM SUA *BIKE* E APRECIAR TODAS AS MARAVILHAS DE DEUS PELO CAMINHO. LIGUE OS PONTOS PARA COMPLETAR AS RODAS DA BICICLETA DO MIGUEL.

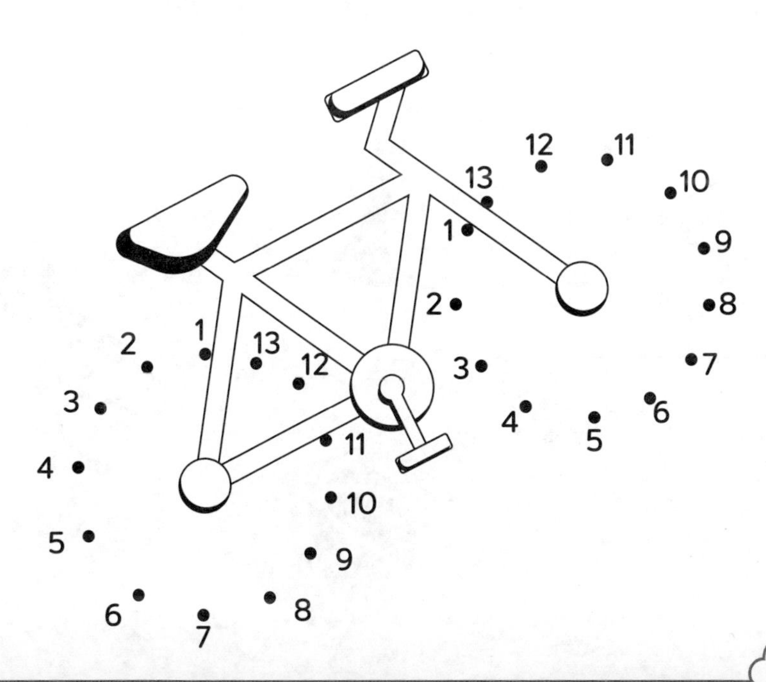

QUAL É A SOMBRA?

SARAH ADORA CANTAR PARA LOUVAR AO SENHOR. OBSERVE AS IMAGENS E ENCONTRE A SOMBRA DO MICROFONE.

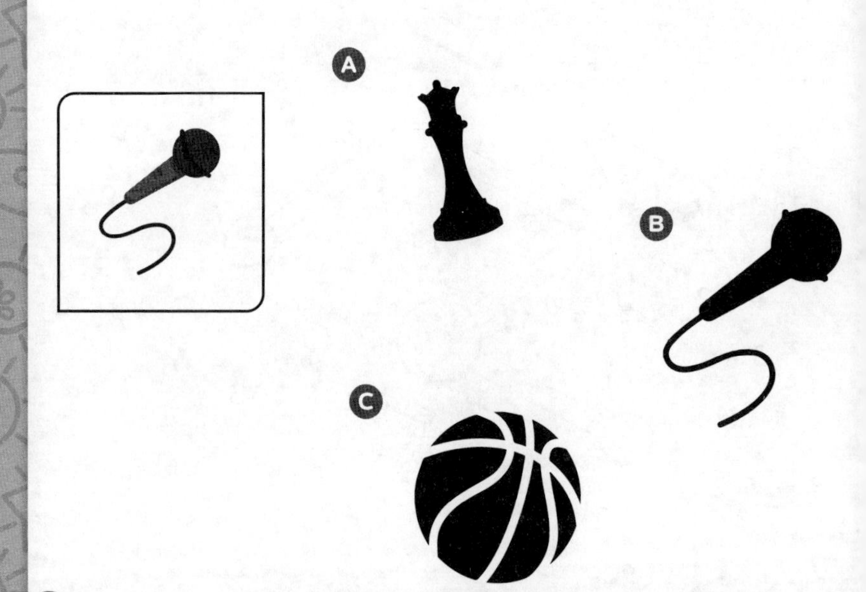

RESPOSTA: B.

HORA DE PINTAR!

INSTRUMENTO CORRESPONDENTE

A TURMA DO 3 PALAVRINHAS ADORA
SE REUNIR PARA CANTAR E LOUVAR A DEUS!
LIGUE CADA UM DELES AO SEU INSTRUMENTO.

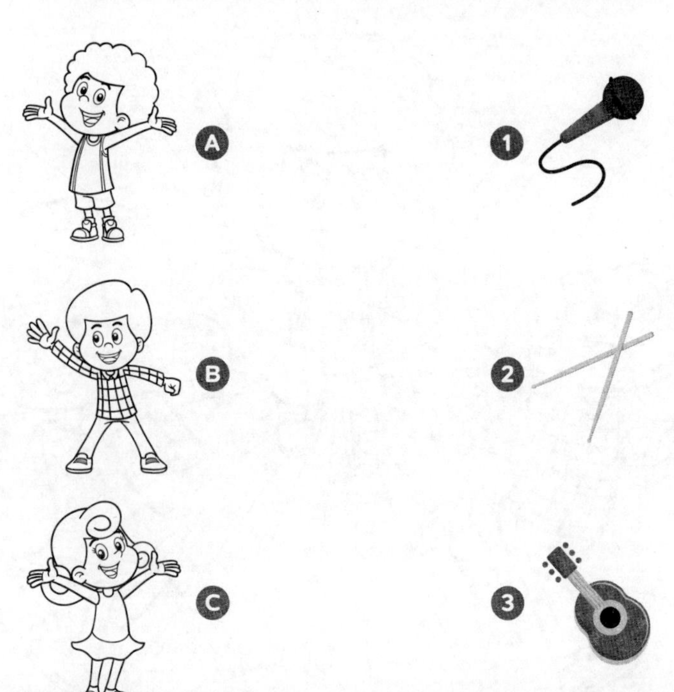

RESPOSTA: A-2, B-3, C-1.

SOMBRAS

JESUS É NOSSO AMIGO E ESTÁ SEMPRE CONOSCO. OBSERVE AS SOMBRAS E ENCONTRE AQUELA QUE CORRESPONDE À IMAGEM.

RESPOSTA: 3.

HORA DE PINTAR!

QUAL É A VOGAL?

NOSSO NOME É MUITO ESPECIAL PARA O SENHOR. ENCONTRE AS VOGAIS QUE FALTAM PARA COMPLETAR O NOME DE UMA INTEGRANTE DA TURMA DO 3 PALAVRINHAS.

A	E	I	O	U

S ___ R ___ H

RESPOSTA: SARAH.

HORA DE PINTAR!

CRUZADINHA

A HISTÓRIA DA ARCA DE NOÉ É UMA DAS FAVORITAS DO 3 PALAVRINHAS. COMPLETE A CRUZADINHA COM OS NOMES DE ALGUNS DOS ANIMAIS QUE ESTAVAM NA ARCA!

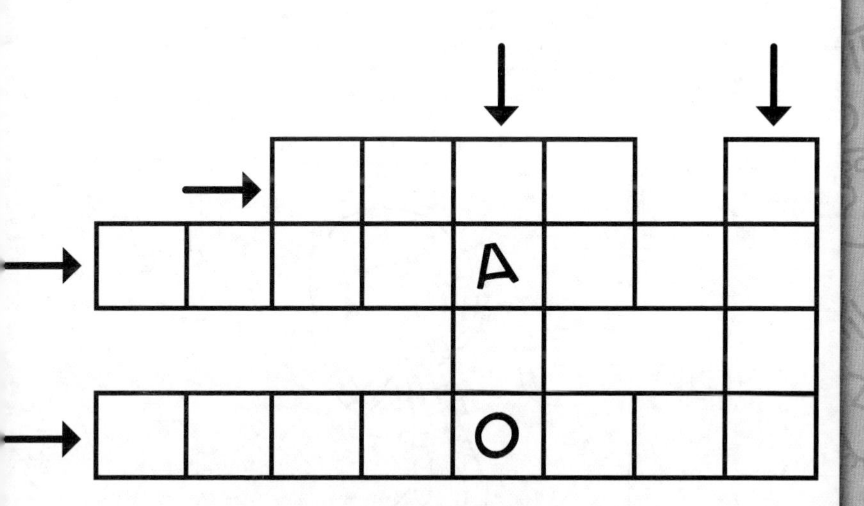

URSO - CACHORRO - SAPO
LEÃO - ELEFANTE

RESPOSTA NA PÁGINA 30.

PINTANDO AS LETRAS

MIGUEL ESTÁ MUITO FELIZ NA PRESENÇA DO SENHOR.
OBSERVE A IMAGEM E PINTE AS LETRAS
QUE FORMAM O NOME DO MIGUEL.

HORA DE PINTAR!

CAÇA-PALAVRAS

SARAH, MIGUEL E DAVI ESTÃO SEMPRE TOCANDO E CANTANDO CANÇÕES PARA ADORAR A DEUS. ENCONTRE NO CAÇA-PALAVRAS OS INSTRUMENTOS QUE ELES USAM NA BANDA.

MICROFONE	BATERIA	VIOLÃO

S	K	D	L	U	K	Ç	B	X	E	M	O	T
W	M	I	C	R	O	F	O	N	E	L	U	V
O	I	X	A	V	K	D	M	S	A	R	D	I
N	U	L	Z	R	F	K	Z	Q	D	P	T	O
P	S	E	A	H	C	F	M	G	F	Q	I	L
P	C	T	E	P	A	T	N	C	O	F	R	Ã
Z	B	A	T	E	R	I	A	R	Y	G	K	O
I	K	L	V	G	T	H	E	F	B	N	E	R

RESPOSTA NA PÁGINA 30.

HORA DE PINTAR!

LIGANDO OS PONTOS

PEDRO, TIAGO E JOÃO FORAM PESCAR NO MAR DA GALILEIA! LIGUE OS PONTOS ABAIXO E DESCUBRA O QUE DEUS ENVIOU PARA A REDE DELES.

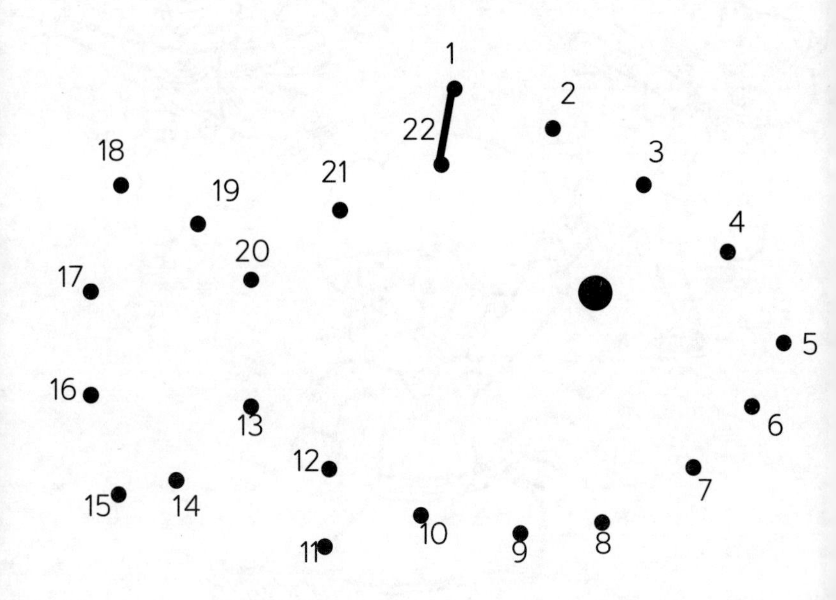

HORA DE PINTAR!

RESPOSTAS

PÁGINA 2

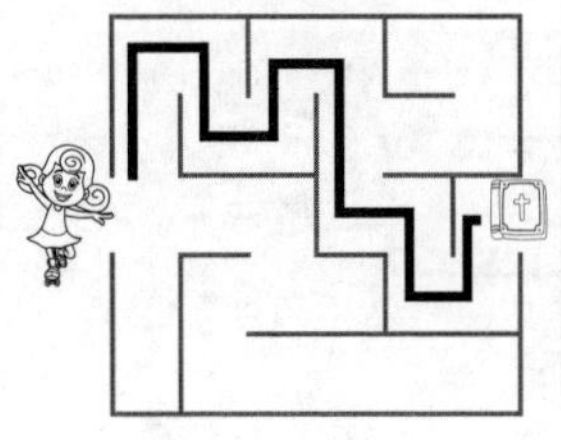

PÁGINA 3

PÁGINA 8

PÁGINA 10

PÁGINA 23

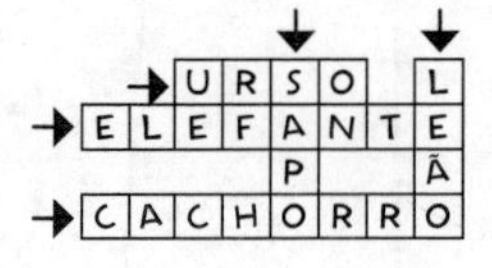

PÁGINA 26

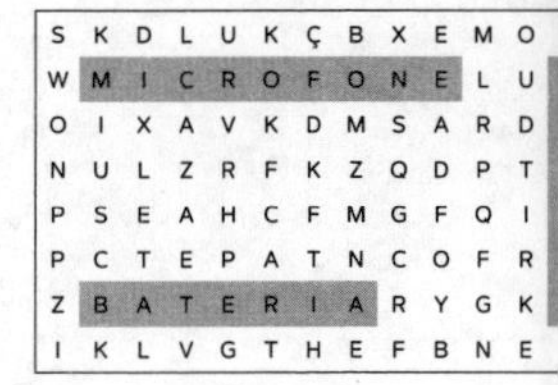